Coordenação Editorial: Sálvio Nienkötter
Editor executivo: Claudecir de Oliveira Rocha
Editor adjunto: Daniel Osiecki
Capa: Paula Villa Nova
Produção: Cristiane Nienkötter
Diagramação: Caroline Costa e Silva

Dados internacionais de catalogação na Publicação (CIP)
Angelica Ilaqua CRB-8/7057

Pereira, Tadeu.
Vinagre / Tadeu Pereira. - Curitiba : Kotter Editorial, 2022.
88 p.

ISBN 978-65-5361-101-6

1. Contos brasileiros I. Título

22-3119 CDD B869.3

KOTTER EDITORIAL

Kotter Editorial
Rua das Cerejeiras, 194
82700-510 | Curitiba - PR
+55 41 3585-5161
www.kotter.com.br | contato@kotter.com.br

Feito o depósito legal
1ª edição
2022

VINAGRE

e outras histórias agridoces

Tadeu Pereira

SUMÁRIO

SACRILÉGIO

Tudo bem que o desgraçado tivesse o hábito de coçar o saco na frente das filhas, dos parentes, dos vizinhos... Mas coçar o maldito saco diante do manjar de coco com calda de laranja, não!, isso era simplesmente criminoso, bestial, profano.

Naquela noite, ela deixou a tesoura de podar debaixo do travesseiro.

ARRIBAÇÃO

Ele abriu a janela no vigésimo primeiro andar e viu as maritacas em algazarra rumando para o sul. Sentiu uma vontade irresistível de ir atrás delas.

Foi.

PERVERSA

Depois daquele dia em que ele sentiu a raiva, a fúria com que ela matou a barata a chineladas, passou a esconder todos os chinelos da casa antes de dormir. E nunca mais reclamou do seu arroz-papa.

VINAGRE

- Trinta anos de cagados! Parabéns!
- Pra você também.

No copo de requeijão ainda com o rótulo, o casal faz um brinde com vinagre de maçã, o melhor pra tirar manchas.

INVERNO

– Seu pé tá gelado, calce a meia!
– Eu odeio meias!
– Então vai dormir no sofá.
– A cama é minha também.
– Podia ser cavalheiro pelo menos uma vez na vida.
– O que eu ganho sendo cavalheiro?
– Esquece, eu vou pro sofá!
Ela foi, e se conformou com o focinho gelado do cachorro.

FILHÃO

Você tira a fralda cheia de merda da velha e joga na lixeira ao pé da cama. Limpa a bunda e as pernas da velha com algodão embebido em óleo de amêndoa. Você esfrega pomada pra assadura na bunda e na virilha da velha, coloca fralda limpa, ajeita a camisola, arruma o travesseiro.

Aí você bota o comprimido azul debaixo da língua da velha, não vai resolver bosta nenhuma, mas vá lá, é parte do ritual. Agora você esfrega desinfetante no quarto, no corredor, na sala, na varanda.

Abre a torneira do tanque, joga sabão em pó na água, pincha lá o lençol, a fronha, a camisola mijada.

No quarto, a velha começa a gemer, você tira a roupa, senta no chão da cozinha e capricha na punheta.

A melhor parte do seu dia.

THELMA E LOUISE

Ele fez cara de nojo, cuspiu no prato.

– Esse ovo tá horrível! Amanhã você mata essa galinha e faz com polenta!

– A culpa não é da galinha, meu bem, fui eu que errei a mão no cozimento.

– Amanhã você mata essa galinha e faz com polenta! Copiou ou preciso pichar na parede?!

Ela fez que sim com a cabeça, perdeu a fome, levantou da mesa e começou a lavar a louça. Adorava aquela galinha, companheira, ouvinte incansável das suas frustrações, dos seus desconsolos.

Levantou no meio da noite, vestiu-se no escuro, ajeitou a mochila às costas. No quintal, colocou a galinha na mochila, abriu o portão sem fazer ruído.

Quando o ônibus partiu, levava uma mulher e uma galinha.

Duas amigas.

DESCARTÁVEL

– Suas mãos estão ásperas, grossas!
– É o cloro dos desinfetantes.
– Seu cabelo está opaco, sem brilho!
– É o óleo das frituras.
– As pernas estão cobertas de varizes!
– É de ficar em pé no tanque. Precisamos de uma empregada.
– Nem pensar, fica mais barato trocar de mulher!

DESENCANTO

– Você não vai me dar a mão?
– Não.
– Antigamente você saia comigo de mãos dadas.
– Antigamente eu tinha medo de te perder.

EPÍLOGO

– Iiii, querido, você mijou na poltrona!
– E daí, querida, você merdou no sofá!
O cachorro vai embora.
O gato já foi.
Chegam as moscas, as formigas.

LIMBO

– Não vai me abraçar?
– Tô com cãibra.
– Não vai me beijar?
– Tô com afta.
– Não vai apagar a luz?
– Pra quê?

COADOR

Tá horrível o seu café, ele disse.

Vai tomar o da padaria, ela respondeu.

Ele foi, adorou o café, pediu o balconista em casamento.

Estão juntos até hoje, de vez em quando ela passa lá pra tomar um café.

DESAMPARO

O pai bebe.
A mãe bebe.
O menino chora.
A assistente social tá em férias.

BUMERANGUE

– Você pegou meu comprimido? Tava em cima do micro-ondas.

– Se não tá aí, você deve ter tomado.

– Qual é, tá me chamando de gagá?

– Eu não disse isso.

– Não disse, mas deu a entender.

– Então eu não disse!

– Disse em outras palavras, de outra forma.

– Que forma?

– Você sabe, não se faça de boba.

– Eu não estou me fazendo de boba. Quem está dizendo bobagem é você.

– Escuta, você pegou meu comprimido? Tava em cima do micro-ondas.

– Se não tá aí, você deve ter tomado...

SABÃO

Ela esfrega a roupa dele como se esfregasse aquela cara balofa no cascalho do quintal, como se afogasse em sabão barato o riso abestalhado daquela boca escrota.

Doce é a vingança no tanque!

DANAÇÃO

Quando o pai chegou de mãos dadas com a madrasta, o mano e eu achamos que nossas vidas seriam uma danação sem fim.

Engano nosso.

A madrasta gostava de meninos, pra danação do pai.

SANDUBA

A mãe trouxe um pão e uma salsicha.

Cortou o pão e a salsicha em quatro partes iguais.

Eu guardei a minha parte pro pai, que foi campear trabalho e nunca mais voltou.

Hoje, 16 anos depois, o pai tá de volta. Mas o padrasto número 8 comeu o lanche que eu guardei.

GRAÇA

A puta entrou na igreja e, como não soubesse rezar, ergueu o vestido e abriu as pernas.

Horrorizados, os fiéis bateram em retirada, o padre cobriu os santos e recolheu a água-benta, o sacristão apagou as velas, lacrou as portas.

Deus aproveitou a canja e veio sentar juntinho à puta.

VALOR

Ela fez o bolo de laranja que ele adorava.

– Tá embatumado – ele cuspiu no pratinho, levantou da mesa resmungando.

Ela jogou o bolo na lixeira da calçada, e enquanto lavava a louça da pia, viu o catador de latinhas abrir a lixeira e comer o bolo com um sorriso satisfeito no rosto.

Aquele homem sim, ela pensou, sabia valorizar as qualidades de uma mulher.

Foi com ele.

DOMINGO

– Lembra dessa, bem, tinha chovido e nós entramos numa livraria. Você queria comprar um dicionário pra gente se enxugar. Foi engraçado.

– Hum.

– E essa aqui, na casa do seu irmão...

– Irmão? Que irmão?!

– Ué, o seu irmão, Romualdo!

– Eu não tenho irmão nenhum, sou filho único. Você tá confundindo as bolas!

– Ah, para com isso, bem! Qual é?!

– Peraí, você sabe o meu nome? E o seu, qual é o seu nome?

– Tá, já entendi, eu vou te deixar em paz.

Ele suspira, aliviado. Álbum de fotografias no domingo é dose.

TOALHAS

Ela o espera há 21 anos.

Um dia a campainha toca e ela abre a porta.

É ele. Os dois se abraçam.

Ele pede pra tomar banho. Ela indica-lhe o banheiro.

Enquanto ele assobia sob a ducha, ela junta todas as toalhas de banho da casa e faz uma enorme fogueira no quintal.

Depois ela vai embora, morrendo de rir.

DUMBO

– Vamos lá, querido, faça o pedido e assopre as velinhas!

O menino fez o pedido, assoprou as velinhas, mas as orelhas continuaram lá.

Exageradas.

Incômodas.

IMPASSE

Ele, cansado de bater, baba no sofá.
Ela, cansada de apanhar, com a faca na mão.
Continua Maria ou vira Maria Picadinho?

PANELEIRO

Na penumbra da sala, acomodada na poltrona gasta, a velha adúltera lembra com saudade o amante perfeito: o incrível cabo da panela de pressão.

OCTOGENÁRIO

Aniversário do velho, 87 anos.

Na cadeira de rodas, imóvel, não fala, só pisca.

Os netos fazem fila para abraçá-lo.

Na sua vez, a neta mais velha belisca as bochechas dele, radiante:

– Lembra, vozinho, quando você me botava no colo e bolinava as minhas partes íntimas com sofreguidão? Pois é, se hoje eu sou uma puta rica devo tudo a você, que foi o meu grande mentor. Valeu, vozinho!

Os parentes vomitam no assoalho.

Os convidados escorregam no vômito.

HONRA

Eu abro a porta do quarto e vejo o canalha com minha mulher na cama. Eu dou três tiros no peito do canalha. O sangue do traste emporcalha de vermelho o lençol da Riachuelo.

– Cretino! Louco! Demente! – minha mulher pula da cama aos berros – Agora você vai preso, e os seus filhos, como ficam?!

Eu coloco a pistola sobre a cômoda, as mãos não tremem, a voz é firme.

– Ora, meu bem, você continua fazendo o que faz com perícia e nossos filhos não terão o que temer. Quanto a mim, descansarei por uns quinze ou vinte anos, com três refeições diárias, banho de sol e saidinha nos feriados.

Depois de ligar pra polícia, sento no chão da sala e ajudo o caçula montar o porta-aviões de Lego.

BANQUINHO

Ele chegava à casa bêbado e quebrava tudo. Mesa, cadeira, vaso, prato, tigela, copo, às vezes quebrava o meu braço.

Eu, calada, nem um pio. Não queria assustar o menino.

Nove anos, contados nos dedos, só eu sei o que engoli.

Não desejo pra seu ninguém.

É, a merda toda foi ele ter chutado o caminhãozinho de bombeiro que o menino adorava. Vixi, aí eu virei bicho, parti pra cima dele com o banquinho de imbuia. Só parei de bater depois que o menino pediu pelamordedeus...

É, agora ele tá lá, na cadeira de rodas, num bebe, num fala, só mija quando o menino chega da escola e ajuda. Deu de chorar quando eu passo perto com o banquinho na mão...

ÉDIPO

– Mãe, cadê o pai?
– Foi embora.
– Por quê?
– Tô velha, não sirvo mais pra ele.
– Pra mim serve.

RODOS

O marido a desprezava.

As filhas a ignoravam.

Os vizinhos não a cumprimentavam.

Seus únicos amigos eram o rodo e a vassoura, que nada diziam, mas eram bons ouvintes, nunca discordavam dela.

Um dia ela passou a dormir no armário de utensílios domésticos, na companhia do rodo, da vassoura e dos panos de chão.

O marido e as filhas deram o fora, nunca mais voltaram.

Ela casou novamente, e agora o marido a adora, os filhos a veneram, os vizinhos são gentis.

Toda noite ela sonha com rodos, dezenas, centenas de rodos.

Acha que um novo Dilúvio está por vir, começou a construir um barco, o marido e os filhos olham de lado.

PAPEL

O velho dá a descarga e grita:

– Mãêêê, eu já acabei.

Gemendo, a velhinha entra no banheiro, apóia a bengala na beirada da pia. Sua voz é trêmula.

– Quando é que você vai aprender a se limpar, meu filho?

O velho não responde, abaixa a cabeça.

– Cadê o papel? – a velhinha pergunta.

– Acabou – responde o velho.

– E agora, – de novo a velhinha – quem vai buscar?

O velho balança a cabeça.

A velhinha começa a chorar.

CONTÁGIO

– Que é, por que tá me olhando assim?

– Se eu tivesse olhado assim não teria me casado com você.

– Ora, não se acanhe, pode ir embora quando quiser!

– Agora é tarde, já estou contaminado... Reparou que a filha da vizinha tá saindo com um cara casado?

SACRIFÍCIO

– Depois de lavar a louça, quero que passe pano no chão.

– Tá.

– Amarra bem a boca do saco e ponha o lixo na lixeira.

– Certo.

– Troca a água do canário, arrume a gaveta de talheres.

– Ok.

– Tira o pó da estante, passa aspirador no tapete.

– Tranquilo.

– Esfrega bem o box do banheiro e a privada, usa cloro.

Ele podia largar tudo, deixar a megera falando sozinha, mas ela arranjaria outro infeliz, não era justo, ninguém merecia aquele destino, ia ficando, não gostava de ver o sofrimento dos outros...

ROXO

Sua Excelência acordou coberta de hematomas, um filete de sangue escorrendo do queixo.

Mandou trocar toda a roupa de cama, que ultimamente dera de distribuir socos e pontapés durante a noite.

ARGUMENTO

– Moça, me leva pra ser seu filho?
– E por que eu deveria?
– Posso cuidar de você na velhice.
– Pra isso eu tenho meu marido.
– Ele vai envelhecer também.
– Tudo bem, um cuida do outro.
– Sim, mas quem leva o lixo pra fora?
– Oquei, vem comigo.

FÉ

A beata tirou a roupa.
Jesus entrou no seu coração.
Errou de novo, bufou a beata.

LITERATURA

– Puta que lhos pariu – gritou a freira – quem foi que derramou café no meu Kama Sutra?!

– Perdão, irmã – falou o eunuco, vexado – a culpa é minha. Mas ainda hoje eu vou comprar um exemplar novo pra senhora.

– Ah, então aproveita e traz o *50 Tons*!

GALÃ

Ela vestiu o maiô de uma peça no corpo enorme. Depois passou dois frascos de bronzeador no corpo enorme, acendeu a luz do abajur e esticou o corpo enorme no tapete cor de areia.

Só então ela abriu a revista na página 53 e falou com voz doce:

– E aí, George, quantos Clooneys faremos hoje?

E como a página 53 permanecesse muda, ela começou a soluçar.

IMORTAL

Gozo na tarde morna.
Lençol manchado.
Vestígios de traição.
O *vampiro* acaba de escrever mais um conto.

AA

Elizabeth II abriu a porta do barraco e atravessou a viela.

Entrou na birosca, bateu no balcão.

– Vai, Bambu, botaí uma dose dupla! Hoje tem reunião de família!

Bambu balançou a cabeça, alguém precisava fazer alguma coisa...

ESTILO

– Lembra quando você me carregava no colo?

– Claro, olha como ficou minha coluna.

– Nossa, não precisa ser grosso!

– Espera, vou melhorar... ah, quando eu pegava você no colo um arrepio excitante percorria o meu âmago.

– Ah, legal, agora sim! Viu só como o estilo é tudo!

– Tem razão, agora vai, me ajuda aqui com essas muletas...

DANGERDOG

No dia em que ele precisou escolher entre a mulher e o cachorro, ele ficou com o cachorro.

Certa manhã, distraído, ele pisou no rabo do cão e este presenteou-lhe com uma mordidaça na perna.

O sangue jorrou, escorreu por baixo da porta.

A mulher passava na calçada, viu o sangue e entrou correndo.

Salvou-lhe a vida. Agradecido, ofereceu-lhe o antigo cargo de esposa, cozinheira e faxineira. Ela ficaria caso o cão fosse embora, mas ele não quis se desfazer do animal, a mulher caiu fora mais uma vez.

Certa manhã, distraído, blá blá blá...

A mulher passou na calçada e viu o sangue, achou que ele tivesse mordido o cachorro e seguiu em frente, assobiando um rock do *Elton John*.

LEGUME

– Você não me quer hoje?
– Não.
– Ontem você disse a mesma coisa.
– Foi.
– E anteontem também.
– É.
– Amanhã será igual?
Ele não respondeu, virou de lado.
Ela foi pra cozinha e tirou a cenoura da geladeira...

FÜHRER

Quando *Mia* descobriu a traição, foi para o banheiro e desenhou com batom uma suástica no espelho. Depois, ardendo de raiva, fez a saudação de praxe.

CHAPEUZINHO

– Vó, eu tô com vontade de brincar na praça.

– Não pode, netinha, quem é que vai me dar os remédios?

– Vó, eu tô com vontade de namorar.

– De jeito nenhum, netinha, quem é que vai me dar banho?

– Vó, eu tô com vontade de casar.

– Vira essa boca pra lá, netinha, quem é que vai me trazer o café?

– Vó, eu tô com vontade de morrer.

– Esconjuro, netinha, quem é que vai... netinha, levanta daí, abre os olhos, fala comigo, diz alguma coisa, netinha...

PALADINO

O Intrépido Juiz estava prestes a cair em deprê.

Já havia caçado políticos, empresários, banqueiros, doleiros, madeireiros, garimpeiros, médicos, advogados, engenheiros, artistas, cozinheiros, vampiros, lobisomens...

O que faria agora? Ioga? Taichi? Taekwondo? Origami?

Desconsolado, com a caixinha de *lorazepam* no bolso, abriu o jornal na página de esportes e teve o estalo.

Eufórico, desceu ao subsolo, vestiu a armadura, montou o seu cavalo negro e bateu atrás dos sacrílegos e vilipendiosos

Comentaristas Esportivos, próximos alvos da sua implacável sede de justiça.

FARDÃO

Caro atendente, peço por gentileza entregar ao portador um frasco de creme hidratante para os braços. Aquele do pote azul. Grata.

– Requinte!

– Apuro!

– Esmero!

Foi assim que o Grande Conselho Editorial da Academia se manifestou diante da única peça literária da lavra de *Fani Quaresma*, cabeleireira, manicure e pedicure eleita para ocupar a cadeira de número.... da ABL, nesta quinta, 28.

NOTURNO

Ela acordou no meio da noite com o barulho. Olhou ao lado e não viu o marido, *deve ter ido ver o que é,* ela pensou, e alcançou a pistola na gaveta da cabeceira. Saiu do quarto e descobriu que o ruído era na cozinha. Empunhou a arma e foi em frente.

Na penumbra da cozinha, ela viu a geladeira aberta. A luz da gaveta de legumes definia os contornos grotescos da coisa que devorava tudo usando as mãos, ou seriam patas?

A mulher espremeu os olhos e teve a impressão de ter visto pelos enormes e escamas escuras no que seria as costas do monstro. Ela sentiu nojo e apertou o gatilho duas vezes. A coisa gemeu, ou ganiu?, depois tombou com estardalhaço, o dorso dobrou para dentro da geladeira, a cara afundou na tigela de gelatina...

Quando os policiais chegaram encontraram a mulher sentada no chão da cozinha, a arma entre as pernas, o sangue do marido se espraiando no que restou da lasanha de domingo.

Ao retirar a cara do homem da tigela, os peritos confirmaram: a gelatina era de framboesa.

ELA

– Arruma a gravata, tá torta.

– Oquei, e você ajeita o vinco da calça.

– Como estamos?

– Eu acho que razoavelmente bem.

– Será que ela vem pela manhã ou no período da tarde?

– Ora, que diferença faz?

– Tem razão, a gente nem sabe se ela vem.

– Por mim, a gente espera até o fim de semana. Se ela não der as caras...

– Concordo. Tem chovido bastante, o rio tá cheio, ficou fácil.

– É isso aí.

DRAMA

– Onde você guardou meu aparelho de surdez?
– O quê?!

DESPUDORADA

Tinha vergonha de dizer que era filha de um funileiro, mas sentia orgulho de dizer que era casada com um deputado do Centrão.

BABÃO

Depois que o pai morreu com o pulmão cheio de terra roxa, meus irmãos me botaram pra dormir na varanda dos fundos, na velha rede de corda onde a mãe tinha parido todo mundo.

Espingarda na mão e ouvidos atentos, minha missão era afugentar as onças que costumavam rondar nossa casa, o cercado dos porcos e o telheiro das galinhas com tinhosa má intenção.

Aqui, nesse cafundó onde a poeira roxa empesteia corpo e alma, as noites estreladas e frias favorecem a queimação na garganta, o chiado no peito e a tosse-comprida. Toda essa disgrameira se apegou nas minhas dobraduras, e eu sofri como cão sarnento na friagem das madrugadas de junho, julho e agosto.

Uma noite, a mãe apareceu num sonho, pediu pra eu ser forte e mastigar uns ramos de alecrim. Fiz o que ela pediu, fiquei bom, minha visão se clareou. Vi tudo com clareza, com precisão, e finalmente descobri que o mal não eram as onças.

Meus irmãos que eram a desgraceira.

Eles passavam os dias esticados nas redes, fumando e tomando o café que eu coava logo cedo, depois de varrer o pátio, alimentar a criação e afugentar inseto danoso da plantação de tomates.

Vez em quando, alegando canseira nas pernas, me empurravam pra buscar cigarro no armazém do vilarejo. Três quilômetros de ida e três de volta. O chinelo gasto não dava conta de alojar os meus pés, chegava em casa com as solas em carne-viva, tinha de fazer salmoura pra aliviar as dores. E ainda me chamavam de babão.

Certa noite, fui dormir no telheiro junto com as galinhas, deixei a porta dos fundos aberta, olhei pro outro lado quando a suçuarana entrou em casa sem pedir licença. Ela 'tava danada de fome.

Na manhã seguinte eu botei fogo nas redes, limpei a casa, abri portas e janelas, deixei o vento leste levar o cheiro de coisa ruim.

Depois eu colhi tomates, abobrinhas e chuchu, no vilarejo troquei tudo por arroz, feijão e um naco de carne. Dividi a fartura com os porcos e as galinhas, que agora vivem comigo dentro de casa. Eles sim, são leais, companheiros, nunca chamam ninguém de babão.

BOATE

242 beijos cancelados e 1 selinho fatal.

CASCUDOS

Mirante das Cataratas do Iguaçu, quarta-feira, 3 da tarde.

O rapaz empurra a cadeira de rodas da velha.

– Lembra, vovó, dos pés-de-ouvido que a senhora lascava em mim quando eu deixava cair farelo de bolacha no tapete?!

A velha engole seco.

CELULAR

Ela calça chinelos de borracha gastos, veste a camisa de um time de futebol da segunda divisão. Apesar da aparência sofrível, ela é jovem e bonita, e agora está vasculhando com avidez a lixeira do restaurante.

A Ferrari prata estaciona no meio fio. Desce um rapaz alto, forte, boa pinta. Ele se dirige à moça, sorridente.

– Lembra quando o seu celular tocou no dia do seu casamento?

– Lembro – ela responde, intrigada – Eu estava no altar, o padre não deixou eu atender.

– Pois é, era eu que ligava, ia pedir pra você desistir do casamento e ficar comigo.

– Tá brincando, né?! – a voz da moça é só um fio.

– Não, não estou. Eu era apaixonado por você, de verdade.

A moça sorri querendo chorar. Ele também sorri, abre a porta do carro, acena e vai embora. Ela trinca os dentes.

– Pode levar uma eternidade, mas eu vou encontrar aquele padre!

Ah, se vou!...

FUNERAL

Olha, minha senhora, sabe lá o que foi suportar esse velho por 40 anos peidando, arrotando, palitando os dentes, comendo de boca aberta, escarrando nos antúrios, grudando meleca nas cortinas, mijando na tábua da privada, desgraçando os meus domingos com aquele rádio ligado no maldito futebol, botando os pés fedorentos na almofada do sofá ... ah, sim, tinha lá os bons momentos, todos aqueles em que ele dormia e roncava feito serra-elétrica, agora no fim deu de cuspir na minha cara os remédios que eu dava, me chamava de vaca velha a todo instante, mostrava a língua, chutava minhas canelas, e vem a senhora me perguntar porque eu estou rindo numa hora dessa, ora...

RUGA

Tremendão fez cara de mau diante do espelho, e ganiu de novo, como das últimas vezes.

VIOLINISTA

Seis anos de música clássica. Seis anos de pauleira. Concurso para ingressar na Grande Sinfônica. Fiquei em segundo lugar, chamaram quatro, eu não estava entre eles. Não me souberam explicar porque. Sorry, boy.

Fui tocar em bares e restaurantes, rodopiava entre as mesas a noite inteira, cheiro de fritura no nariz, nas roupas, nas cordas do meu instrumento. O estômago roncava, as pernas latejavam, as gorjetas minguavam.

Uma noite conheci o Doutor D, rico, influente, culto. Gostou do meu estilo de tocar, ou fingia gostar, na verdade eu nunca soube ao certo, mas isso não importa. Ele dizia ter 69 anos, dono de fazendas em Goiás e Tocantins. Levou-me para tocar na *Caverna*, uma mansão rodeada de árvores onde ele e um grupo de milionários se divertiam com garotas, muitas delas menores de idade.

Foi assim que eu me tornei músico de alcova, e comecei a mudar de vida.

Eu percorria as dezessete suítes, seis salas, quatro jardins de inverno e duas bibliotecas tocando Mozart, Bach, Beethoven, Chopin, Wagner, Vivaldi, Strauss, Roberto Carlos, Frank Sinatra, Julio Iglesias, vestindo só uma gravata borboleta vermelha.

Sim, os primeiros dias foram difíceis, terríveis. Eu me sentia desgraçadamente ridículo, deplorável, infeliz. Dormia mal, comia pouco, tinha constantes ataques de enjoo. Roguei a Deus mudar o rumo da minha vida, mas Ele não me ouviu e ficou tudo por isso mesmo.

Certo, o tempo cicatriza, converte, fortalece.

Transforma corpo e alma.

Hoje sei gostar de dinheiro, de roupas finas, de sapatos caros.

Tenho um carro italiano e permissão para sair uma vez por semana, das 17 às 18h, a não ser que eu vá ao cinema, nesse caso tenho de apresentar o canhoto do ingresso ao chefe de segurança da *Caverna*, onde passei a ocupar uma bela suíte no fim do corredor-3.

Posso afirmar que se trata de um ótimo lugar para se viver, ainda que em certas tardes eu ouço gemidos vindos do subsolo, mas isso com certeza é barulho das obras do metrô...

ÓBITO

Ele morreu de besteirite aguda, em frente à TV, assistindo ao *reality show*.

INFÂNCIA

– Pilatos, lava as mãos e vem almoçar!
– Peraí, mãe, deixa só eu crucificar esse gafanhoto aqui.

COR

– Você não vai com o vestido preto?

– Não, acho que o vermelho cai melhor.

– Vermelho é vestido de puta. Eu não vou.

– O quê?!

– É isso aí, vermelho é vestido de puta! Eu não vou!

– Ora, ora, o seu carro é vermelho. É carro de puta?

– Tem nada a ver, é outro departamento!

– Não, senhor, tem tudo a ver! Por que só o vestido é de puta?

– Você vai com esse vestido?

– Vou, claro.

– Então vai sozinha, eu faço outro programa.

– Tudo bem, a gente não nasceu colado.

Ele sai, boca amarga.

Ela sai, amargo na boca.

PENTECOSTES

Catedral lotada, o bispo se inclina para abençoar o cadeirante, o preservativo cai do seu bolso, ele finge que não é dele, o garotinho da primeira fila apanha o objeto.

– Padre, o senhor deixou cair.

Os fiéis seguram o riso, o bispo dá um cascudo no garoto, a mãe do menino intervém, discute com o bispo, as beatas entram no meio, alguém dá uma rasteira no sacristão, ele cai e derruba a vela do altar, o caminhão dos bombeiros tá quebrado...

METAVERSO

A filha é caçadora de chefes de cozinha que cozinham na TV.
O filho é um zumbi devorador de cérebros de *yuotubers*.
A mãe é líder da gangue suicida Mães que Odeiam Maio.

O pai é um editor gay de 130kg que edita autores alienígenas.
Ninguém come.
Ninguém toma banho.

Ninguém atende a campainha.
Os vizinhos reclamam do mau cheiro...

BOAZINHA

– Você é tão boa pra mim, querida, me empresta o seu vestido longo?

– Claro, vovó.

– Você é tão boa pra mim, querida, me empresta o seu sapato de salto?

– Claro, vovó.

– Você é tão boa pra mim, querida, me empresta o seu marido?

– Claro, vovó.

PEDIDOS

O menino e a mãe do menino estão ajoelhados diante do santo milagroso.

A mãe do menino pede pro pai dela ficar bom porque é a pensão do velho que sustenta a casa.

O menino pede pro avô continuar no hospital porque os brigadeiros deixaram de sumir da sua lancheira.

TRASTE

A moça está diante do espelho, dando os últimos retoques no vestido de noiva.

A tia que a criou entra no quarto e diz que ainda dá tempo de desistir da enrascada, que o sujeito – o noivo – é um traste, um imprestável, que a vida dela será um inferno permanente.

A moça pensa um pouco, tira o vestido de noiva, desiste do casamento.

Dia seguinte, o traste e a tia se unem na matriz local.

SEXO

O marido dorme.
A mulher sonha.

ÂNSIA

O legista contemplou as vísceras do deputado, e pela primeira vez em trinta anos de trabalho, vomitou.

PRÍNCIPE

Branca de Neve era a melhor garçonete do centro da cidade. Todos gostavam dela: motoristas de táxi, balconistas, vendedores de bilhetes, motoboys, bancários, drags, cobradores de ônibus.

Do outro lado da rua existia uma garçonete maligna que botava um baita olho-gordo no sucesso de Branca de Neve. Uma tarde, a malvada se disfarçou de vendedora de coxinhas e ofereceu a mais graúda à Branca de Neve, que, após a primeira mordida, caiu dura atrás do balcão em forma de ferradura.

Do meio da multidão formada à porta da lanchonete, saiu um rapaz alto e forte que tomou Branca de Neve nos braços e a beijou com ardor.

Ela abriu os olhos e, sem pensar duas vezes, comeu o restante da coxinha envenenada.

Agindo assim, Branca de Neve escapou de ficar para sempre com o maior cafetão da praça.

#METOO

Com o olho roxo latejando, ela o contempla cheia de amor e servidão.

ESTRATÉGIA

O caldeirão de feijoada está no centro da mesa.

Em torno da mesa, a família faminta. Pratos e talheres prontos para o embate. Alvoroço.

Subitamente, suspense. Vovô tira as dentaduras, deixa à mostra as gengivas vermelhas, murchas, gosmentas.

A família bate em retirada, as moscas fogem enojadas.

Vovô ri satisfeito, é seu o caldeirão.

ARTILHARIA

Ele vestiu o uniforme camuflado e o colete à prova de balas.

Acoplou às botas as facas de campanha, conferiu as granadas e as cápsulas de gás. Ajustou a mira do fuzil automático, regulou a intensidade dos óculos infravermelho, colocou o capacete blindado.

Finalmente, ele respirou fundo e caminhou em direção à mesa para mais um almoço de domingo.

GRIMM

– Mãe, por que esse nariz tão grande?

– É pra melhor farejar o cheiro de cachaça do teu pai.

– E por que essa boca tão grande, mãe?

– É pra tentar pedir socorro antes do primeiro soco do teu pai.

– E esses olhos, mãe, por que esses olhos tão grandes?

– É pra colocar gelo depois do terceiro soco do teu pai.

O menino fez a mochila e foi morar com o Lobo Mau.

TROCO

Ela pediu ao coveiro que jogasse 19.788 pás de terra sobre o caixão do marido.

Mesmo número de palitos de dentes sujos que ele deixou espalhados pela casa enquanto vivo.

CLORO

Ela mandou o marido à merda, mandou a sogra à merda, mandou a cunhada à merda e saiu pra mais um dia de trabalho: limpar as salas do Congresso.

SOLIDARIEDADE

– Olhaqui, muleque, se tossir essa noite eu boto você pra dormir com os porcos!

Os porcos passaram a noite em claro, mas não mandaram o menino de volta pra vó.

GLACÊ

Quando o pistoleiro chegou à festa, o bolo tinha dado cabo de todo mundo.

O pistoleiro foi embora encafifado: aquele bolo havia feito o serviço em silêncio, sem fazer sujeira, sem ter o trabalho de mirar, de recarregar...

Decidido, o pistoleiro jogou a pistola no rio, e matriculou-se num curso de confeiteiro.

RAMERRÃO

Ela vestiu o longo preto, ele botou terno e gravata e os dois sentaram-se frente a frente, na mesa da cozinha.

Eles apoiaram os cotovelos sobre a mesa, laçaram-se as mãos.

– Se você perder você pede o divórcio – ele falou.

– Se você perder você pede o divórcio – ela disse.

Apertaram-se as mãos e contaram até três.

Aí o cachorro latiu, o gato miou.

Ela levantou e foi alimentar o gato.

Ele levantou e foi alimentar o cachorro.

Começava mais um dia...

pólen soft 90 g/m²
tipologia bodoni pro
impresso no outono de 2022